吾《われ》唯《ただ》知《たるを》足《しる》

明治から平成を生きて

著 米山稔

監修 米山公子

文芸社

まえがき——読者の皆様へ

二〇二二年二月、ロシアがウクライナを攻撃。一年経った今もまだ戦闘状態は続いている。戦争などありえないと考えられていた現在、起きてしまった。

祖父が体験したシベリア抑留も、日ソ中立条約をソ連（ロシア）が一方的に破棄し侵攻した結果の蛮行である。戦争体験者が少なくなってきた今、日本を取り巻く近隣諸国の状況は、生前祖父が危惧していた通りになってきている。身をもって現地で文化、風土に接した体験者の言葉は重い。

祖父の言葉にもあるように、戦争が行われるのは戦場だけではない。軍人だけが戦うのではない残酷な世界であること、戦後の平和な日本の礎には尊い魂の犠牲があったことを忘れてはならない。

米山公子

これは、波乱万丈の世代に生まれた私が、公私共に亘る生涯の思い出として断片的ではあるが、書き残した記録である。

昭和六十二年一月　　米山　稔

私の信条

一、常に己を知ること

一、健康であること
毎日を規則正しい生活であること
自分の体力は自分で考える心がけ

三　何事も腹八分目で満足できる余裕をもつこと

もくじ

一　出生から郷里での青年期

十一月三日は「天長節」といって明治天皇の誕生日であった。国の祝日として、諸官庁はもちろん、ほとんどの家庭では国旗を掲げて祝福したものである。

私は明治四十年十一月三日、この佳き日に米山常吉、ひめをの次男として出生した。次男といっても、長男の登は生後間もなく死亡していた。

私の両親は恋愛結婚であった。田舎の家では父母との同居を許してくれなかったため、父方の祖母の姉の嫁入り先、錦村二の宮（山梨県笛吹市）の定得寺で出生し、幼年期をここで過ごした。小学校に入学する頃に祖母の怒りもようやく収まり、やっと同居が許されることになり郷里境川（山梨県笛吹市）に戻ったという事情であった。当時は今日のように幼稚園などという施設などなく、寺の鐘楼に登ったり広い庭の芝生で近所の仲間と遊んだり、井戸端でのイタズラ遊びでたびたび叱られたりしたものだった。朝起きて畑越しに見える遠い山々の青葉の景色など、子どもながら素晴らしいもので、大きい口をあいて大らかな深呼吸をした。

ある時、寺の伯母から、「お前はここで生まれたのだ」と聞いたが、私も幼かったのでフーンなどと気の抜けたような返事であったろうと想像できる。

母から聞いた話では、父は農家の長男に生まれた。明治三十六年、中央線の汽車が甲府まで開通するにあたり鉄道員の募集があった。鉄道員は村の若者たちの憧れの的で、県内からたくさんの人たちが応募したのだが、村では父だけが合格者の中に入っていたとのこと。ぜひ就職したく母に相談したが、駄目と反対され、やむを得ず伯母の寺に世話になったと聞かされていた。

小学校の入学が大正四年で卒業が大正九年、クラスの人は男女合わせて一二〇名。一組六〇名ずつの、当時では郡下でも大きい小学校であった。その頃の思い出といっても深刻な記憶もないが、習字と図画は得意であったのか、週末になると廊下や教室に私の作品が張り出されていた。別に優越感もなく、心の中で純粋に喜んでいたように思う。消極的な子供であった。

六年生の秋には今日の修学旅行のようなもので、御嶽金桜《みたけかなざくら》神社まで一泊の遠足があった。それは昇仙峡の奥にある社で、付近に二、三軒の旅館がある。

朝九時に学校を出発、もちろん往復徒歩行軍である。歩兵第四十九連隊の駐屯地内を歩いていく。今日の甲府一高（元甲府中学）から湯村温泉郷の辺り一帯が軍の練兵場で、まことに広大なものであった。

ちょうど昼食の時間になり、練兵場の隅で弁当の号令があった。青空を眺めながら食べる弁当はうまかった。現在の子供のようにリュック袋いっぱいの菓子や果物、水筒代わりのパックジュースなどという楽しみはなく、付近の水でも飲んだであろうが、記憶もない。出発の号令でまた行儀よく並んでコツコツと進む。湯村温泉郷を過ぎ、山坂を越えて目的地に到着したのが夕方四時頃。神社に参拝して旅館の前に整列、人員点呼異状なし。

落伍者もなく、ただ黙々と旅館の二階に上がったが、みんな疲れてかシーンとして、横になったり座り込んだり何となく淋しい。そこで私は一同の顔色を眺め、「ヤット着いたよ大黒屋」と大声で言い、「ドッコイショ」と座布団の上に腰を下ろした。すると途端に一同元気になったのか、一人が笑い、二人が立ち上がったり拍手したりして、雑談も出始めた。この旅行中、何かというと「ドッコイショ」が流行《はや》っていた思い出がある。

翌日、遠足の思い出という綴り方（今の作文）があって、ドッコイショのことを書いていた人がたくさんあったと先生から報告があり、自分には楽しい思い出として残っている。

戦後三十年も経《た》って、村で同級会が発足し、出席した折にもこの時の話が出たが、発案者は誰だったか？　黙って聞いていたが楽しいものであった。

またその折、誰かが持ってきた六年の卒業写真が登場したが、他には持っているという人がなく、自分も見た覚えもないものであったが、当時の様子が判った。写真は、色は黄色くなり折キズなどもあった。さすがに貴重品でもあったので、持ち主から借り受けて甲府に持ち帰り、表具師に事情を話して表装を直し、写真館で三十枚複写して翌年の同級会前に東京在住の人をはじめ全員に配布して喜ばれた。貴重な記念写真がタダの魅力ももちろんあったろうが、懐かしさのあまり上京した同級者などもいて、その年は出席者が多かった。写真の効果はテキメンであった。

卒業写真の自分が袴などつけていたので、思い出を一つ。父は金持ちでもない平凡の人だったが、流行好きと派手好み、言うならば「ハイカラさん」であった。そのため、「この袴を祝祭日などには着けていくように」と、服装にうるさかった。私はこれがまた大嫌いで、登校途中、桑畑などに飛び込んで桑の木の中に隠し、下校の時に桑畑で着用して知らぬ顔でただいまとばかり。子供ながら要領もよかったのか、それは記憶に残っている。

大正九年四月一日、尋常小学校の高等科に編入したが、同級生が半数になってしまい、ちょっと淋しい気持ちであった。級友の顔ぶれが勉強のよかった友達が多かったようにも思えたことと、地理とか歴史、理科などの教科書を渡されて、隣の友達と顔を見合わせたりニコニコしたりしたことを覚えている。大正十一年の頃は学生の霜降服（霜降糸で織られた服地で作られた学生服）が五十円であったが、注文する人もなかった覚えがある。注文者があまりに少ないので学校側でも注文できなかったであろう。自分はその代わりといって運動シャツを買ってもらい嬉しかった。いまだに忘れられない思い出になっている。高等科になるとテニスができるので、授業が終わると校庭のコートに飛び込んで、元気のいい友達と組んで夕方までほとんど毎日テニスをしたものであった。二年生になると選手組に入って、他校との試合には必ず出されていた。運動シャツを洗濯してもらい颯爽と他校まで遠征したものであるが、勝敗の覚えはない。

毎日がこんな風であったので、祖母からたびたび叱られた記憶だけは残っている。

母が一人で田畑に出て働いていた姿は、子供ながら申し訳ないと思ったが母は私のことについては黙認してくれていた。時には一生懸命手伝ってあげたこと、その時の母の嬉しそうな顔などが思い出される。叱られる以上に済まないと思っていたものであった。

そんな状況の中でも母は、「高等科を卒業したら、二ヶ年終了の補習学校に進んでくれ」と強く勧めてくれた。

それで、大正十一年に補習学校に入学してからは昼も夜も休みなく一生懸命、期待に添うべく頑張った。課外は運動部に入り剣道部で活躍した。寒中などは、同志と素足になって教師の意の如く練習に励んだ。

県青年部剣道大会に選手として同期の友人三名と共に、代表として甲府市の武徳殿における試合に参加した。この時のことは何年経っても忘れられない。当時から何十年経っても、舞鶴城の西部に残っている武徳殿の建物は昔の姿のままであり、眺めては昔日を感じている。なつかしい写真はとってある。

大正十二年九月一日、家で昼食の最中、地震らしいウネリと揺れを感じた。何する間もなく地震で揺れ出し、夕方になってもなかなか余震が収まらない。暗くなっても揺れが止まらないので、わが家でも薮の中にゴロ寝することになった。東の空が真っ赤になって、山火事のように見え、気味の悪い一夜を過ごした。早朝から村中が何かと噂話でもちきりであった。なにしろ当時はテレビもラジオもない。噂だけが真の情報として流布していた。東京が火災で丸焼けとのことで、それは本当らしかった。

そんな中、朝鮮人が二〇〇〇人、山梨方面に流れ込んでくるとかいう噂で大騒ぎとなった。これが関東大震災のデマであったことは後日判ったような始末。「朝鮮人二〇〇〇人」は、二人の朝鮮人を見たという話に尾ひれがついてとんでもない数になってしまったようだ。

私は十五歳の好奇心で、笛吹川の土堤を歩いてみたが、川の土堤や道路のヒビが続いているのでこれは大変と家に戻り報告した。

自分の家もヤレヤレと揺れ疲れたように静けさを戻したが、土蔵の土壁は落ち、家の壁も所々割れ落ちていて、いつ改修ができるやらと悩みが一つ増えたものであった。

関東大震災の後、私の住む区では県下でも珍しい新式のガソリン自動ポンプを整備することになった。海軍の機関兵上がりのK氏が機械係長となり、要員五名を採用する権限を与えられたとのこと。選抜にあたっての条件は「長男であること」であったらしい。当時では要職として憧れの的であった。半数の者が同級生から選ばれ、自分は除外されていたので、何が不足であるのか問いたい気持ちであったがやむを得ない。戸籍上は次男であったのが影響したのか。このK氏の決定に対する口惜しさは眠れないほどであった。こんなことが時々あって、「何くそ、今に見ていろよ」といつも心に言い聞かせたものであった。

私は軍人を志望し、立派に村人の手本になってやろうと思うようになった。こんな生意気を将来の希望として心に宿らせてしまったのも、K氏へのうらみでもあったに違いない。

二　兵役から初級幹部

国民皆兵の時代、青年は二十歳になると徴兵制度があり、身体検査と簡単な学科試験に合格すると、二年間軍隊での生活を受ける義務がある。

この検査の結果は甲種から丙種まであって、甲種は合格である。甲種に合格して兵役の義務を果たし得た青年は世間の信用もよし、自分も一人前の男性になったと誇りを持ったものだ。今日の成人式とは比較にはならないが、時代というものだろうか。

私も昭和二年、徴兵検査のため石和《いさわ》にある郡の役所に仲間と出頭し、受験した。合格であれば、一ヶ月後に送られてくる合格通知でどこに入隊するのかも判るので、宝くじでも待つ気持ちで張り切っていたものであった。合格の通知があって、私は東京世田谷の野砲兵第一連隊に入隊と決まった。家の事情など悲喜交々であったが、表面上は満足であり、翌年一月の入隊を待ち遠しく思いながら一生懸命母を手伝ったものである。母もまた覚悟を決め、世間の人が喜んでくれるように、嬉しさも隠し切れなかっただろうと推察もできた。戦前日本の姿を眺めてみると、その時代をよく堪えた貧しい世帯の親子の心情などの今昔の感情は深く、立派なものであったと、なぐさめるほかあるまい。

さて昭和三年一月、いよいよ入隊である。常々心の準備はできていたのでさほどのショックはないが、それでもいつも母の顔が目に浮かぶのである。母もまた淋しいやら息子を励ましたいやら複雑な気持ちであったのだろう、出発直前は人目もあってか、裏口で「行ってこいよ」と一言告げた姿が何年経っても忘れられない。

村の人たちが氏神様に集まってくださり、神主さんの祈詞《のりと》の後、村界の河原まで送ってくれた。私はここから一人で石和の駅まで馬車に乗り、石和の駅から汽車に乗り、東京へ向かった。仲間の中には付添い付きの人なども多かったが、自分は一人で何事もやらなくてはと、この日から心に誓っていた。

田舎者が一人で東京に出て男子の団体の中に入る。軍隊という厳格なところでの生活であるから心配はあったが、生活に入ってみると、規則正しく、田舎者も都会者もない、すべてが実力主義で、毎日が楽しい世界であった。

二年目になると早速階級も上がり、一年兵の指導の立場になった。教練も、教官の助手として忙しい生活であった。一期の検閲といって、総括の成績によって階級が上がるのであるが、その頃から私は、徴兵終了後は職業軍人になるべく志願し、隊長からも軍籍に残るよう推薦を受けた。家庭の事情などを考えてみたうえで、自分の性格に合っているし、近い将来は郷里に少しでも送金できるならなどと考えてのことである。そこで、父母の許しを得るべく手紙で連絡し、正式に志願することとして、中期から幹部教育隊に入り特別教育を受けた。

三年目には、立派な成績で任官でき、班長、教練では教官助手として活躍した。当時の月給が一五円也、ただしその中から五円ずつ母のもとに送っていた。後日、「その五円がどんなにか役に立ったか……」と母から聞いた時には涙して、よかったと思った。（十年後は立派に親孝行するから）などと己に言い聞かせながら頑張ったものだった。『今昔物語』の一編にでもなりそうな話で、尊い時代でもあった。

こうして三年間もあっという間に経過し、一人前の下級幹部として上司にも認められるようになれたと思っている。教官からは特別の目で見られてか、あるいは将来を考えてか、砲兵隊の誰もが望む、指揮班要員として採用された。観測中隊幹部の教育助手として勉強することができ幸いであったが、むずかしい数学などには閉口した。それでも努力して上司の望むような成績を得ることができ、上司の期待に添うことが嬉しかった。
自分の部下には大学出の兵隊がいたので、夜間自分の部屋に呼んで、必要な三角関数や対数表などの学問的なことを彼から習った。日中の訓練のことについては自分の方から教えてあげるように心掛けた。よい共存共栄の関係で、連隊内幹部綜合試験では技術計算などで優勝して上司から賞詞を受けた。その上司はその後他部隊に転勤されたが、健在で東京都の調布市に住んでおられるので、文通もあり、時折は贈り物などして当時の思いを忘れないように努めた。

班長時代は兵と同じ兵営生活であったが、寝室は個室であった。教練終了後は個室で起居していたが、当番といって班員から一人が付き添って雑用はやってくれるので、自分の時間も多くとれた。勉強する時間もあるし、明日の教練準備も可能である。

ここで、参考のため日課の一部を書いてみることとする。

起床　朝六時（冬期などは真っ暗である）

点呼　起床から五分後、営庭に整列。人員点呼

この間に寝台の毛布五枚をキチンと整頓して整列、ここから一日の競争が始まる

作業　大砲、軍馬、室内掃除などそれぞれ分担し、約一時間

朝食　八時

教練　八時三十分―正午

各所属により砲術、馬術、剣道、体操など日課表に基づき実施

昼食　十二時
教練　一時―四時
　六時まで使用した兵器など清掃
夕食　七時―八時（入浴を含む）
点呼　九時―点呼までに時間を見つけて自分の身辺整理、洗濯など
消灯　九時三十分
ほとんど自分の自由時間などないほど忙しい毎日の連続で、マゴマゴしていては何もできない。
班長は、自分の部下に対しては、以上の日課が円滑にできるよう、自ら範となり指導する責任がある。入隊して三ヶ月も経つと、この短い時間でも要領よく消化できるようになったものである。

訓練では、優劣の差がはっきり判るようにされてしまう。学歴の差もなく、都会の者、田舎出の者の差別なども全くなく、実力の世界である。幹部になっても同様で、各進路によって異なるが、努力しない者は進級で差がついてしまう。

そういった世界に順応し、根性で終始努力できる者が「鬼に金棒」だとつくづく感じられる。

下級幹部の中堅の頃、幹部剣道試合の時のことである。これは年一回行う恒例のもので、大隊付幹部三十余名のトーナメント試合で日頃の訓練のほどを競うのである。一人減り二人減り、いよいよ最後に残った四名の二組が優勝候補にという次第になったが、その四名に私も残っていた。準決勝に勝ち、決勝戦。自信はなかったが、先輩を相手に必死の決戦となり、根性と意地でやっと優勝することができた。大隊長自筆の掛軸の他、賞状を受けたことも記憶に残っている。

この時の審判や上官などに大変な見込みをつけられたことも、以後の私への扱いで判るようになった。青年時代、郷里にあって剣道好きで毎夜遅く学校に通ったり、寒中素足に下駄履きで青年学校の友人二、三名と行を共にしたことなどがこの日のプラスでもあったのかなど、時々思い出すのである。その友人も一人生存一人死亡の現在である。

入隊してからは、余暇を利用して同期の友人などと国士舘大学の剣道部に無断で通って叱られたこともあった。兵営内生活も、よい意味では愉快のことが多かったものだ。

この郷里の事情について記憶を呼んでみると、次のようになる。

昭和三年九月　祖父が死去（入隊した年である）
昭和五年四月　父が死去（任官して肩章に金線がついた年）
昭和九年三月　祖母が死去（一人前の下士官になっていた）
この間の母の苦労を第一に考えると、並大抵のことではなかったろうと思うが、困ったと知らせを寄越すでもなく、「家のことはいいから自分の任務をシッカリやれ」と言わんばかりに一人で苦労したことだろう。母には感謝の気持ちでいっぱいである。
当時は、田舎の農家といわず、兵隊で上京している伜《せがれ》の家族の人たちはみんな母と同じような気持ちであった。天皇に捧げた子供であるから、私用で休暇など申し出られなかった。親の死に目にも還れない兵も多かった。
父の人柄については、当時俳界人として有名な飯田蛇笏先生の弔辞その他が俳諧誌『ホトトギス』に全様が書かれている。

郷里のことを考えるたびに淋しい想いが多かったが、初心を通すため、自ら進んで郷里に戻ることはしなかった。公私混同ではあるが、こんな時代を偲び、自分の、いや、家族の幸せをと先祖に合掌したものであった。

昭和九年秋、私は旅団司令部付という破格の辞令を受けた。兵営生活を最後に営外居住になるわけで、千葉県市川市国府台の国司令部に勤務することになったのである。とりあえず司令部を進級して原隊に帰る前任者の話で一応下宿することにして、現隊長に挨拶（軍隊では申告という）の折、「君は将来陸軍士官学校を受験するように。ここは勉強するのによい所であるから心掛けよ」と、ありがたい口添えをいただいた。責任の重いことも身にしみて嬉しかった。

第三旅団司令部とは、
野戦重砲兵第一連隊　市川市
野砲兵第一連隊　世田谷　……三箇連隊を隷下にした上級司令部
野戦重砲兵第七連隊　市川市
から成る。旅団長は陸軍少将格である。
この吉報を郷里に知らせた。瞼の母も喜んで涙しているだろうと想像した。

三　陸軍士官学校から終戦まで

昭和十一年、第一師団は満州に移駐となり、もちろん原隊の砲兵隊も渡満、北満の孫呉に駐留していた。陸士の受験は師団ごとに実施するので、私も原隊復帰の発令を受けて原隊に着任し、勤務の傍ら受験準備を進めた。師団の受験者三十余名のうち、砲兵隊からは四名が受験して二名合格。親しい同僚が一人落第したので、何とも困った思い出がある。私は合格となったので早速内地に帰還となり、入校準備の後、東京市ヶ谷の陸軍士官学校学生隊に入った。

卒業と同時に朝鮮京城（現・ソウル）の竜山駐屯の野砲兵第二十六連隊付発令となり、単身赴任した。当時、叔父の住まいが竜山であったので一時寄宿を依頼することになり、そこから通勤していた。

昭和十二年七月の盧溝橋事件を発端とする日支事変勃発以来、国民全体は戦時態勢にあった。軍人に対しては格別の待遇もまた尽くせりであり、ありがたい思い出がたくさんあって感謝の一言に尽きる。

陸軍少尉発令、同隊に転任して間もなく戦時編成の山砲第四十一連隊を編成し、北支（中国・山西省）の臨紛《りんふん》域内に出征した。私は観測中隊小隊長として朝鮮竜山を出発した。見知らぬ異郷でたくさんの人々の見送りを受け、意気揚々と戦地に向かった。

この頃は現役の幹部が少なく、部隊の異動のあるごとに現役将校は前線部隊を転々とする時期であった。臨紛での生活も一年足らずで、私は将来の幹部将校（召集幹部）教官要員として、千葉県習志野にある野戦砲兵学校に、学生として一年間の内地留学となった。

卒業と同時に、新設された北支方面軍砲兵教育隊教官として、北京にある同司令部付となって戦場を離れた。教育隊の隊長は、旅団司令部付の頃上司であった林幸司陸軍少将である。

戦地なので兵舎住まいではあるが、野戦場とは違う教育隊の教官生活は苦もあり楽もありの恵まれた毎日であった。休日には北京市街を散策することもあった。皇帝の住居跡もあり、日本の宮城のような感じで、大陸勤務中では最高の地であった。

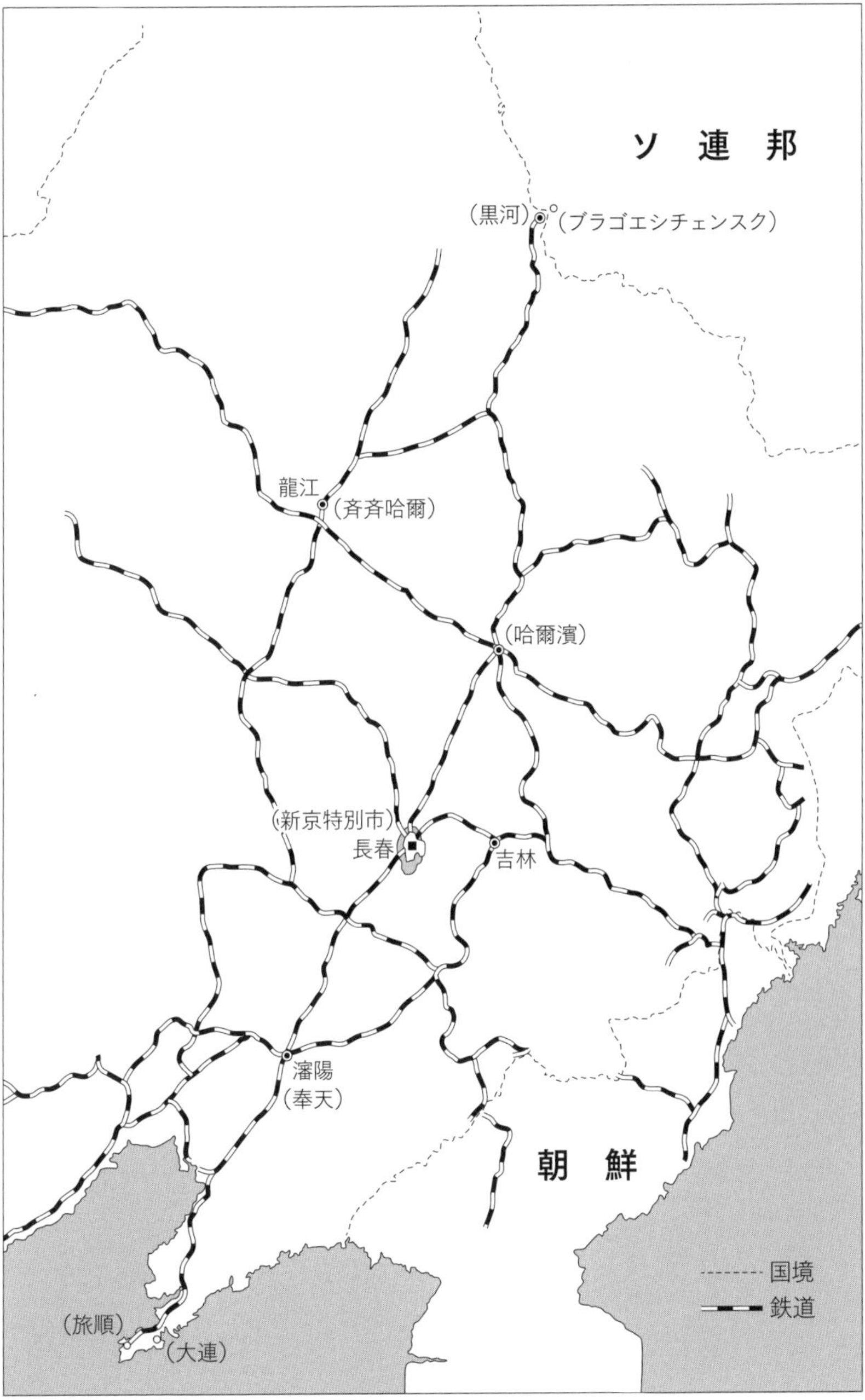

満州概略地図

北京は水の都の名にふさわしい所であったが、教育隊で一年が経つと北満部隊教育隊に転勤が決まった。陸軍中尉発令、関東軍司令部付発令となり、新京（吉林省長春市）同司令部に着任、阿城幹部教育隊教官となった。

関東軍総司令部時代の筆者

大東亜戦争の拡大に伴い、関東軍隷下の各部隊が続々と南方戦線に参加となった。教育隊も一時閉鎖することになり、学生、教官もそれぞれ原隊に復帰、南方進出の状況となった。陸軍大尉発令があり、私も関東軍司令部に復帰となった（配属地は新京）。

軍司令部第三課勤務、参謀補佐職務として在満部隊教育行政職務。戦時態勢に入った。

昭和十八年八月叙勲、従六位勲五等、陸軍少佐発令。臨戦態勢に入った軍司令部は隷下各部隊の整備前線警備に多忙の毎日を迎えた。司令部宿直指令勤務中など、国境警備の第一線からソ連の行動など逐次報告電話があり、都度、関係上司との連絡を緊密にしていた。

昭和二十年八月六日、ついに緊急出動命令が出た。司令部で宿泊待機中、七日、第一線に司令部進出、移動開始。参謀部情報蒐集班に入る。炎天下、吉林省兵舎にて作戦情報を集めている中、八月十五日に陛下の召勅放送あり終戦となった。

数日かけて新京司令部に到着したが、司令部廠舎はすでに何者かの指揮により部内は見事スッカラカンになって、数日前の姿はなく目を覆った。約五〇名の司令部職員は、付近の海軍武官府に一時仮宿することになり、数日で新京南嶺にある大同大学の校舎に移動した。この日から敗戦の処理に入った。ソ連側の命令指示による残留部隊の処理の第一日であった。上級幹部はすでにソ連航空隊によりソ連に向かった様子が伺われた。

八月九日、ソ連の不法進入があり、家族も家を追われることとなった。関東軍司令部命令によって関東軍は戦争状態に入った（ソ連の満州侵攻）が、軍司令部は前線で行動するので、司令部職員家族は明朝、満鉄駅前に集合し内地に送還すること、引率指揮官は軍属とすることが決まった。

覚悟はしていたが、今日、明日とは。事態急にして身一つで見送りの時間もなく、家族別々の行動となった。家族は着のままで引揚集団の中に編成され、満州鉄道で新京を出発したのである。途中、満州から朝鮮に入るあたりで満鉄列車全員下車。鴨緑江の鉄橋上を徒歩で渡ったという。全く考えも及ばぬ死線を超えた兵士と同じである。やっと平壌に着き、朝鮮人とソ連軍の監視付で数ヶ月この地に滞在した。引揚集団の家族中、幼児はほとんど全滅したとのこと、後日詳細を聞いて、当時の家族の苦労に手を合わせた。

四　ソ連抑留生活のあれこれ

さらば新京よ……。新京の南嶺、大同大学内で編成された関東軍司令部直轄の混成大隊（医務、航空、通信、情報等）の編成指揮官を終了、十月下旬に同地を出発。ハルピン、黒河、ウラル山脈を越え、欧露（ヨーロッパ側のロシア領土）マルシャンスクに着くまで、新京を出てからちょうど二ヶ月かかった。

十月二十三日、海軍武官府に集合後、軍用行李一梱を持ち、総員九〇〇名

（主力は将校であった）が南新京駅に集まった。南満州は邦人や他の軍隊の輸送で混雑しているので、北満経由、ナホトカより出港させるとのソ連側の話だという噂であった。ソ連の国柄も知りながら、日本人の気の良さが楽観的な噂を生んだのであろうか……。

翌朝ハルピン着、北鮮経由と浦塩（ウラジオストク）経由の分岐点の噂があったが、杉花江の大鉄橋を渡った。万事休す、ついに満州の北の果て黒河《こっか》に着き、満軍兵舎に収容され、いつまで待つかも判らぬ待機をすることになってしまった。

後日判ったことであるが、待機させられたのは黒河を徒歩で渡るのに充分な凍結が予定より遅かったためであり、ソ連の計画と知った。計画を知った日本人はそれぞれ工夫して所持品の運搬用橇《そり》を考案し、木片などを集めて作った。これは氷上運河や下車後の運搬にも役立った。さすが日本人の器用さには、ソ連の者も感心して見守っていたものであったが笑いごとではなかった。

ここで、性懲りもなく帰国説の台頭である。沿海州鉄道を利用しての帰国説で、ソ連側の裏面工作であった。もし欧路（ソ連）行と、本当のことを洩らしたなら日本軍は逃げ出すであろうと常識で考えても判る。当時では無理もなかったであろう。

いよいよ出発となって、アムール河の氷上に立つと、急にセンチな気持ちになった。

何十年と切れぬ仲となった満州の平野。旧戦友、先輩たちの魂の眠っている地だ。さらば満州よ、心の中で叫びつつ、四〇〇メートルのアムール河を渡り終えた。

帰国の夢破れて

アムール左岸にソ連の町ブラゴエ（ブラゴエシチェンスク）の家々があった。満州の国境から眺めたブラゴエは屋根が赤々と見え立派な町であったが、間近で見ると極貧相な煉瓦か、板壁を赤いペンキで塗ったトタン屋根であって、「とかく他所《よそ》は良く見える」というものであった。駅舎もなく人家もない、荒涼の地に幾条かのレールがあるだけである。

ここで偶然山崎君（関東軍司令部の頃、自分の部下の下士官であった）に遭い、若干の時間があったので立ち話もできた。もはや内地帰還のことなど話す必要もなくなっていた。お互いにもう覚悟は決まっていたので落ち着いていたが、とにかく寒いのには閉口した。新京出発時に各人給料の何ヶ月分かを貰っていたので、何気なく彼に半分くらい渡してやった覚えがある。

午後十時頃、列車がやっと着いた。全両有蓋貨車で、十屯貨車に三〇名が乗車。周りは将校ばかりだったので少々優遇されていたのであろう。他車は五〇名近くのようであった。

十一月末クイブシェフカに着き、ここで上下二段式に改装された貨車に移動した。六畳くらいの所に八人収容するので横になることもできず、向かい合って八名ずつで一六人、真ん中にストーブが一台だけ。やっと手足を伸ばせるだけであった。

ここはシベリア本線とブラゴエ支線との分岐点であり、さて東進か西進かでまた噂が飛び交った。

いつでも駅からの発車は夜間に限られている。ソ連の策であったと後で気がついた始末であった。夜明けとともに、太陽は列車の向こうから明るくなっていった。列車は西へ西へと進行、故郷から遠ざかっていく。最後の帰国の夢、破れたり。

一同愁嘆に暮れた。この先はチタかシベリアか。

雪のシベリアを後にして

チタに着いたのが十二月五日。西行の続行、この辺りが一番寒いというが、長旅で特別寒さが身に沁みた。窮《きゅう》すれば通ず、ある者が各自水筒に湯を入れて腰の付近に置き、四人が頭と足先を交互にして寝ると暖かく寝ることができると言い出した。これが名案で、極寒地シベリアの長旅も少しでも楽になった。こんなものが生活の知恵かと大笑いの一コマでもあった。

バイカル湖畔に達したのがちょうど十二月十日であったが、湖水はまだ凍っていなかった。水は透き透り、湖底の真砂石が七色のように輝いて見えた。

下車があるかと噂していたが、そんな旅行でもなし。落ち着いた気分かやけ気味か、帰国の話も口に出せぬようになった頃、とうとうイルクーツクまで来てしまった。

シベリア横断中の雑想

さすがにシベリアは広いと思った。一日中走り続けても一軒の家もない荒野ばかりであるが、こんな僻地でも、駅に着くとたくさんの人が集まってくる。ちょっと油断するとコソ泥にやられるのだ。欧露でも泥棒の多いのに驚いた。

当時の私たちは路上生活者のようなみすぼらしい姿であるのに、そんな我々に物を乞う大ソ連国民のプライドもない。こんな国が権力を握ったらどんな世の中になるだろう、国を挙げて戦い抜くとこんな神経になるものなのかと、さすがにソ連の国も、ドイツとの戦争で国内は冷え切っている予感すらした。

後になって北方領土返還のことなどを思い合わせると、なるほどと思わざるを得ない感じでもあった。

トムスク辺りの駅で停車中、あまりに寒くて仕方ないので、ソ側の兵隊に連絡すると、「駅員に見つからぬよう、停車中の他の貨車から要領よく石炭を取れ」との指図である。

同情的に見えても道義の厚い国民とは思えない考えである。共産主義とはこの程度かと思われた。

長いシベリアの旅、昼間はまだよいが、夜間になると不寝番の位置に小さな灯りをつけておく。まさに山小屋同然で退屈この上ない、読むもの書くものもなく、小唄でも小声で歌ってみるくらいで「伊那の勘太郎さん節」（注・

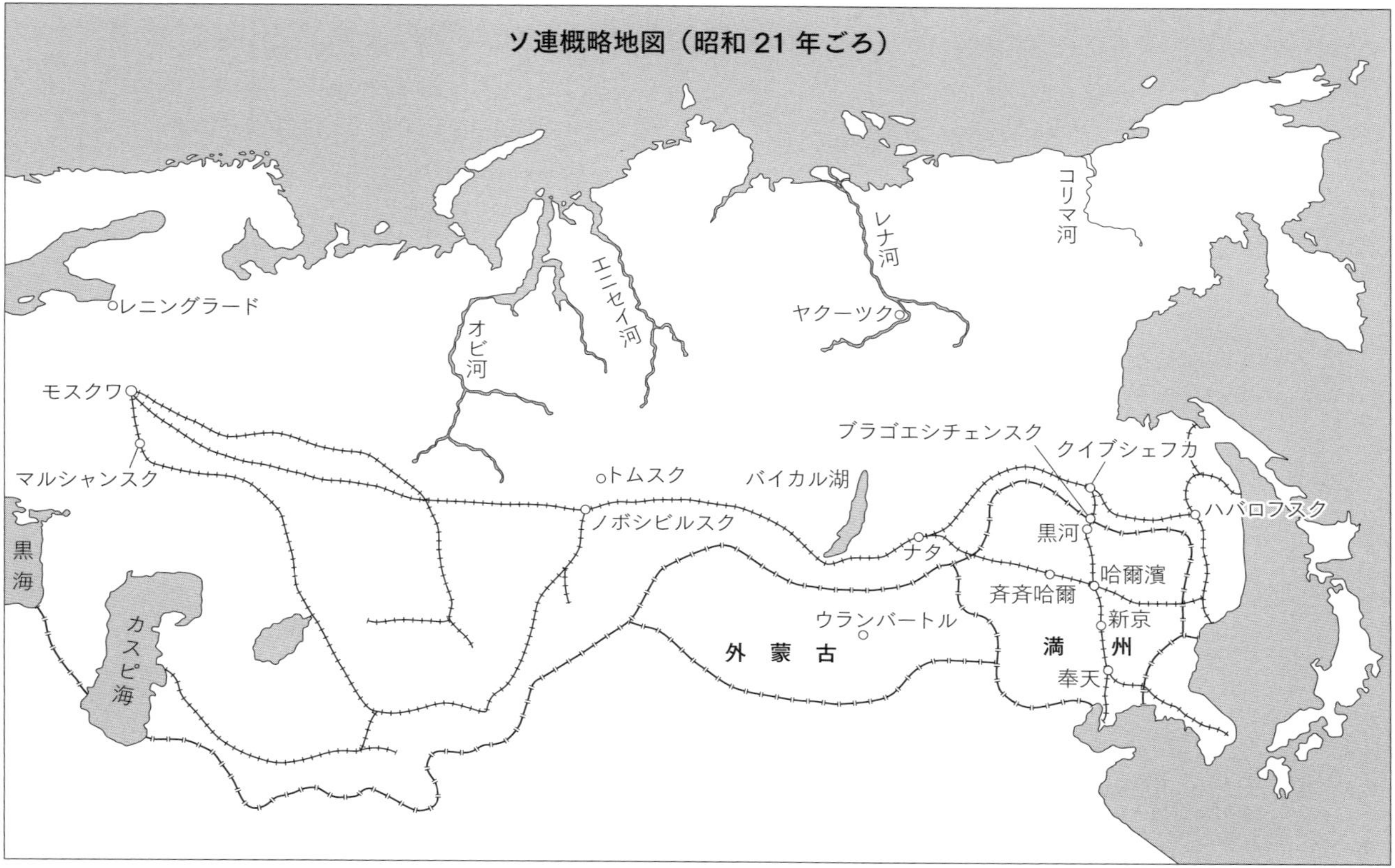
ソ連概略地図（昭和 21 年ごろ）
レニングラード
モスクワ
マルシャンスク
黒海
カスピ海
オビ河
エニセイ河
レナ河
コリマ河
ヤクーツク
トムスク
ノボシビルスク
バイカル湖
ブラゴエシチェンスク
クイブシェフカ
ハバロフスク
黒河
ナタ
哈爾濱
斉斉哈爾
新京
ウランバートル
外蒙古
満州
奉天

昭和十八年にヒットした映画の主題歌）の曲に、異なる歌詞をつけて歌った人もいた。

国は破れる山河は荒れる
　時の来るまで忍ぼじゃないか
雪に消え行くシベリアカラス
　泣いて見送る人もない

自分でも何遍も口ずさんで、長旅の無聊を慰めたものだ。

ソ連の風呂

ノボシビルスクでは久しぶり入浴とのことで、目をむいて喜んだ。満州で別れて以来、約二十日ぶりの入浴であった。どんな風呂かと思っていたが、いざ入浴の段になってみんなびっくり、バケツ一杯の湯で身を洗い行水するという仕組みであった。ソ連側の目的は消毒であって日本人のように湯舟に浸かる習慣でないので、とても物足らない。しかし、日本でも真似してもよい、結構な施設であった。短時間の行水中に被服一切の消毒を済ませるのだが、一日に一個師団くらいの兵員の虱《しらみ》など殺虫・滅菌ができる。大変効率が良く感心した。この殺菌中、入浴の方は少々寒かったが、熱気消毒の済んだ服を着るのでヌクヌクで、この上ない結構な気分になれるのである。

ウラルを越えて

とうとうシベリアを過ぎてウラル山脈に差しかかった。山岳重畳の地帯だろうと皆注目していたが、事実は平凡過ぎて呆気なく、日本の箱根山の方がずっと立派であった。

このような次第で十二月末、欧露のマルシャンスクに着き初めて下車ができた。生涯を通じてこんな長い旅は将来否生涯を通じてもあるまい。

抑留地マルシャンスク

マルシャンスクはモスクワの東南一五〇キロに位置し、人口約五万、マホルカ（下等煙草）の産地で知られているとのこと。我々の下車を待っていたかのごとく市民が続々と集まってきた。

物見高い観衆と思っていたが、さにあらず。携帯品を掠奪せんとする護摩の灰（旅行者相手の盗人）的な集まりで、我々が収容所まで引っ張って歩く羽目になった。右往左往してちょっと油断すると荷物を引きずり落とし持ち去ってしまう。トラックに乗っていても、車がちょっと速度をゆるめると先がカギ状になった杖《つえ》のような棒で荷物を引きずり落として持ち去ってしまう。計画的窃盗である。その多くが青少年であるので驚いた。シベリア事変、日露戦争の話を聞いた頃は、ロシア人は純朴だなどと聞いた覚えもあったが、共産制の履き違えか、無宗教のせいか、原因は判らないが、実体はこんなありさまであった。

収容所に着いた頃には真っ暗で、周囲の状態など判らない。ソ連得意の戦法で事をなす時刻はいつも夜。闇の中で計画している。

一廠舎は二段式、ペチカ（ロシア式の暖炉）が隅に一つあるだけで電気もない。長旅の疲れでとにかく寝るだけでたくさんであった。

翌朝、初めて収容所の全容が判った。多少起伏のある砂地で格構の広々とした所であるが、各国人混交の大ラーゲル（罪人収容所）であるらしい。

混合の各国人（インターナショナル収容所）

満州新京の将校第一大隊・第二大隊

佐官大、中、少佐　約八〇〇名

尉官大、中、少尉　約二四〇〇名

下士官、兵　　　　　　　一〇〇名――炊事要員

他国人　ドイツ人四〇〇〇名をはじめとして、オーストリア人、ハンガリー人、ポーランド人、チェコ人、ルーマニア人など十四ヶ国。

これは、この世界大戦を知る参考になった。

気候は、毎日雲が低く垂れこめていて気温は零下一二、三度。月に二、三回は零下三〇度以下となる。さすがは朔北《さくほく》（北方）の地であった。

マルシャンスク収容所から逃亡した数人があったが、全部捕まって、再びマルシャンスクに帰った人もいた。たとえば、次のようなことがあった。

一　海軍の将校三名が、また、昭和二十一年に作業隊が作業地から逃亡したという情報も耳にした。こんなヨーロッパの真ん中でよくも大胆な行動をしたと一同話題であったが成功しなかった。

二　陸軍の衛生少尉が単独でやったがだめだった。彼は事前から相当な準備もして、列車では屋根裏などにも上ってみたが、ソ連の先着の無賃組がいて時計や万年筆など強奪されたとか。

縄張り連中に賃金代を払ったつもりでトルコ国境近くまで来たのはよかったが、監視兵に見付かった。河に飛び込んだが雄図《ゆうと》ならず、マルシャンスクに引き返させられたなどという話も聞いた。

寒い国、広い国の真ん中では、脱走はとても難しかったという話を聞いたこともあった。

ラボート（作業）のいろいろ

マルシャンスク到着直後から下士官、兵はソ連側の要求あって自活作業の仕事と称して雑用に服していた。「働かざる者食うべからず」のお国柄に遠慮してではなく、同胞が一部作業しているのを見過ごすわけもなく、将校グループも自発的に作業に出ることを申し込んだ。作業することがだんだんと当たり前になると、ソ連側から指示が出て、遠くの農場や、山林伐採、運河作業等々のために一〇〇名、二〇〇名の作業班を作り、遠くの地点まで進出するようになってしまった。

私たちの作業班は約一〇〇名、収容所から徒歩二時間もかかる郊外で外泊しての橋梁作りを担当した。厚さ一メートルくらいの氷上に杭打機を持ち込み、逐次氷に穴をあけ電柱を打ち込む（橋柱）。対岸まで打ち込んで、後ろから逐次橋をかけると、春夏、氷が解けても橋の上は車両が通過できる仕組みである。

杭打機はドイツ軍からの戦利品であったが、彼らには使用不能なので、日本のエンジニア将校で研究して使用可能にした。

現在日本で基礎工事に使用している機械と同じようなもので、今日では珍しいこともないが、それより四十年も前のことであった。

農場作業隊は、収容所から片道一二キロメートルもある所まで毎日通いつめた。作業内容は馬鈴薯の植付けである。一組一〇名で一ヘクタール（日本の一町歩）の畑に種芋の植付けが一日のノルマとされたが、真面目にやったら一日では到底終わらない作業量である。そこで、監督の隙を見ては穴の間隔を広くした。ただし、監督の目が光っている時は指示通りにやるのがコツであった。

この手抜き方式は、ソ連の一般労働者もまた常識と思っているようであった。次いでトマトの苗の植付けもあったが、これは苗が見えるので間隔を広くするわけにもいかず、苦労したものである。

作業は要領よくもできるが毎日の作業時間が長かった。午前三時起床、すぐ畑に行く。九時半に畑の作業が終了して朝食、午後三時まで午睡。三時から九時まで作業。夕食は夜十時だが、夏期の作業は、緯度が高いので午前三時でも陽は昇っているし、夜は九時でも明るい。日本では味わえない光景であった。

伐採作業はどこまで行っても森林続き。平地または丘の山脈である。伐採班、整理班、積み込み班、積み降ろし班等に分かれて現場につくのであるが、伐採班が主力であった。二人引きの鋸と斧を使い、多くはカラ松の大木を伐る。太さ七、八〇センチメートルもあって危険であるので、見張りをつけて切り倒す。全然素人だったが、ソ連人の指導者の指示で作業をし、二、三日もすると要領よくなっていくものである。

整理班は、切断された木材を三メートルの長さに切断し、テコを使って要領よく一ヶ所に集積する。ソ連の杉は日本の松のように枝が少なく、一〇メートルくらいの枝なしであるので、作業は案外容易でもあった。

これらの木材はトラックに積んで川岸まで運搬する。川岸に運ばれた木材は、筏《いかだ》を組んで運搬し、マルシャンスクまで四十五日もかかって到着する。ただしこの仕事はドイツ人の受け持ちになっていた。筏流しの途中、数ヶ所の集落に三、四泊する。こんな時には、筏の中の一、二本を売りさばいて大金を稼いでいるという話であった。彼らは日本人と違い図太いことをやるものだと思われてならなかった。

三年間のソ連抑留生活を顧みて

一　心身、特に胃腸をよきにしておくこと、何を食べても消化できることが肝要。

二　強心的で、根性を図太く。どうにもならない現状にクヨクヨしない。日本人的につまらぬ遠慮は不要。外見などにこだわらない。心身の鍛錬と思い平静でいられるように努力しておくこと。

三　共産国家の人民にも見習うべきことも多々あることを痛感。

以上の気持ちで三年間の抑留生活から思い出多かった事柄を断片的ではあるが書いてみた。

ソ連では一般民衆に泥棒が多いのには驚いただけでなく、下級幹部、分所長などの役職員ですら日本人の荷物を失敬するなどはお粗末かと思えたが、これは私の接した一部に過ぎないし、また私が接した何人かの共産党員は男女共、真に立派だと思われた。入党試験もあり何人かの推薦保証人がなければ党員になれないという話も聞いていた。

ソ連の電撃的満州国侵入について

昭和二十年八月、ソ連軍が満州国全国境に一斉に軍事行動を起こし関東軍の全滅を計った事態は、さまざまな事前準備を整えてのことであった。

昭和二十年二月、クリミア半島のヤルタにおける米国ルーズベルト、英国チャーチル、ソ連のスターリン会談。戦争および戦後の処理についてソ連の対日戦協定が結ばれ、樺太の南半分と千島のソ連帰属、大連の国際港化、旅順はソ連に……などなどの米、英の承認を得てソ連の参戦、まことに抜け目がない。

ソ連は、独ソ戦の勝利を待って時期を延ばした。五月七日のドイツの降伏によって、ソ連は己の戦力不十分を承知の上、関東軍の手薄と軍備力低下を見越して兵力を極東に移動、八月九日満ソ国境全域を突破、関東軍と戦闘を開始したのであった。

大東亜戦に入り、南方戦線の拡大に伴い、日本軍は全力をもって関東軍の現役のほとんどを南方に注入してしまっていた。満州の関東軍は、兵員はもちろん兵器の主力も南方に輸送してしまっていたのである。

これらの情報はすっかりソ連に流れており、日本の最悪期を待っての作戦行動に日本は屈したのである。

五　復員して社会へ

昭和二十四年、舞鶴にて復員。郷里に戻ることになった。自分は山梨、神奈川、静岡方面の帰省者の引率指揮官になっていたが、三年間音信不通の家族の安否が気になり、大阪で指揮官を交代し、妻の姉のもとに立ち寄る了解を得た。翌日大阪で下車、姉のもとに一泊して状況を知ることができ、妻と長女だけが帰国して甲府市で妻の実家のお世話になっていると聞いて早速連絡した。

甲府市に戻り、お世話になったお礼やら今後の問題など山々の話題で二、三日を過ごした。裸一貫でも、帰国した以上は一家の長とばかり、適当な借家を探してもらい、親子三人の生活が始まった。

留守中、義父には自分の就職について、県庁、市役所、税務署などを奔走していただいたが、当時マッカーサーの命令とか追放令で、元官吏、軍人、警察関係者の復職はノーであった。馬鹿馬鹿しいことだがそれらへの就職は断念。無念であった。

いずれの角度から考えても、自分の力以外で解決可能なことに進む以外に生活の望みなし。シベリア抑留中から三年間考え抜いた結論の実行である。まずは力強い一本の軌道を造ることが必要であった。

昭和二十四年三月、幸い妻の実家が水晶関係の問屋であったので、皆様に好意的に受け入れていただいた。応援を得て一応就職のスタートは決まったので、親子三人で今日まで耐えた気持ちを土台に、張り切って出発を切った。

東京、関西方面の行商をしたが、この商売は当時、アメリカの軍隊のみならず日本国内でも好評で、景気もよい様子も伺えた。この道で辛抱してはどうかとの勧めもあり、自分も決意した。何をどうやって売るのか、皆目見当もつかないまま、自分の勘と想像で始めたが、戦後、妻の実家が商売替えをしたため、「甲府水晶」の屋号を引き継ぐよう口添えもあり、ありがたい出発であった。

さてさて、東京で十年近く軍隊生活をしていたので、汽車も電車もだいたいいの様子も判っている。そこで、まず東京、横浜辺りから歩き出した。

朝は五時発の汽車で出発し、新宿着九時。終日都内の店舗を巡り、夕方五時頃の汽車で戻るという日課であった。当時、甲府駅の駐輪場は有料であった。早朝自転車の後ろに長女を乗せて駅へ向かい、その自転車で長女が家へ戻り、駐輪代を節約した。家族も並大抵ではなかったろうと感謝した。

何とか生活できる程度になったのは事業を始めて三年も経ってからであった。借家住まいが馬鹿馬鹿しく、地主から二十五坪の土地を買い受け、九尺二間のバラックを建てて住むことにした。

この辺から関西方面に進出してみようと思い出した。

関西行きは中央線で夕方に甲府発で、夜中の一時頃長野の塩尻着、ここで二時間くらい待ち、長野方面から来る列車に乗り換え、翌朝五時頃名古屋着。ここから京都、奈良、大阪方面にと、全く行商という言葉通りの旅行である。真冬は塩尻などの寒さは想像の外であった。

慣れないことに加え、すでに立派な店には甲府からも立派な商社が入り込んでいて、成果は心細いものであった。

奈良に親戚があったので、この方面の場合は一泊お願いしたり、時には二泊したこともあり、自分としては旅館泊まりの経費を節約するつもりでもあったが、後にして考えると大変迷惑であったろう。しかし背に腹は代えられないとの思いであった。全く申し訳ない思いであった。

真夜中の塩尻駅で汽車を待つ間、寒さに耐えられず電話ボックスに出たり入ったりしていたのを警官が見ていたのだろうか、「ちょっと来い、鞄の中を見せろ」と言う。ムカッとしたので怪しい者ではないと口ごたえしたが聞き入れられず、つい鞄の中を見せてやったことなど、笑い話にもならない出来事もあった。

昭和二十六年になった。京浜、関西と計画的に出張販売で頑張ったが、なかなか計画通りに進行しない。東京地区の百貨店との取引が己の性格にも合致すると思い、百貨店主体に方向を変えて次々と訪問してみた。扱ってくれる百貨店が見つかるはずもないような感じを持ったが、初心を変えず日参した。貧すれば通ず。助ける神もあるはずとの思いであった。そんな中、糸口を得たのが浅草の松屋百貨店であった。関係主任者も熱心に指導してくれ、そこに全力で集中する決心で、同店との取引に熱中した。その甲斐あって関係課長に認められ、近々、終戦後ＧＨＱに使用されていた銀座の本店が返還されることを聞いた。課長も本店付きとなるので、「甲府水晶」の本店との取引も実現するので頼むとありがたい口添えをいただき、本支店とも取引可能となった。念願の商いの軌道も実現の段階となった。後日、恩人の課長は銀座本店の店長となった。曰く、

「俺も軍隊には見習士官として服役した。当時の自分の恩人の上官と貴殿は瓜二つ、亡き上官に謝恩のつもりでいる」と。この話を伺い、私もまた感謝を忘れることはなかった。

昭和二十八年、松屋銀座店新装営業開始。

昭和四十一年、甲府水晶株式会社として法人化。

昭和四十八年四月、松屋百貨店と取引のある優秀商社と松屋幹部とで組織されている「松栄会」に、松屋より会員の推薦を受け入会、会員三〇五社。

昭和五十三年、西武百貨店との口座取引開始（ただし催事出品）。

資本金を一〇〇〇万円に増資、これまでの住居兼事務所の建て替えを実施（住居と会社を分ける）。

一階　駐車場

二階　事務室、応接室

三階　外来社接待室

昭和五十四年、水晶宝石協同組合定期総会において、長年組合員として生業に努力した高年者として感謝状を受けた（代表として謝辞を述べた）。

昭和五十六年、山梨県立宝石美術専門学校開設に際し、運営費（資金）として県に寄付、県知事より感謝状を受けた。

昭和六十年、各位のお引き立てにより自分の責任も果たし得たことと、税理士からの意見もあり、後継者と職務交代。

関係社（者）には挨拶状をもって礼を尽くす。


この度代表取締役を退任いたしました。後任社長には専務取締役米山久雄が就任いたすことになりましたので、私同様御引立の上今後とも一層の御支援と御指導を賜わり度く御願い申し上げます。

先は略儀ながら書中を以て御挨拶申し上げます。

昭和六十年四月、甲府水晶株式会社

取締役会長　米山　稔

六　老いて人生を顧みて

昭和五十一年、前間田協同墓地改造工事を実施した。
永い間不在に等しい米山家の墓地を大改造し、先祖の霊に感謝申し上げる。

一　全体の地面清掃
二　米山家先祖代々の墓を立てる
三　旧墓石の整頓

等の整地整理を、甲府市内の石材店の協力を得て行った。
菩提寺妙昌寺の承認を受け、この機に、自分と妻の戒名を授かった。
信解院法妙至徳日稔居士　――稔
深心院清浄稔妻日妙大姉　――妙

昭和五十六年、自宅のリフォーム。

昭和五十九年の秋彼岸、大東亜戦争での米山家戦死者と、生命を失った幼児の三十三回忌を行う。
なお、各霊位を身延山久遠寺日蓮宗総本山に、永代供養として登録。

昭和六十年、結婚五十年にあたり、記念写真を、挨拶・心境を添えてごくごく近親の方に送った。

私たちは、昭和六十年を迎えましたので結婚五十年になりました。大東亜戦争の前後に遭遇し、まことに風雪山河野越え山越えの時代でもあったが、過去の話題として尊くなった今、多くの世間の皆さまの御引立があったればこそ今日が迎えられたのであり、深く感謝申し上げる心の毎日であります。

昭和六十年佳月　米山　稔　七十八歳

妙　六十九歳

庭の隅にあるつくばいに、多くの水がうたれている。水桶の文字を眺め、私たちはひたすら現在の生活において「足ることを知れ」の格言を静かに考えている現在である。

「足ることを知れ」。この格言の教祖は誰であるかは定かでないというのが通説らしい。ある仏教会の発行である知名人の講師の言葉を要約すると、次のようである。

比叡山宿院の山上の寺務所の所に白楽翁の格言というように書かれてある。「吾唯足ることを知る」。

また、高野山の正面玄関のところにも書いてあるという。いずれにしても立派な格言として私は信頼に足る名言と思っている。

昭和六十一年。郷里境川の先祖代々の霊の鎮座する前間田地区協同墓地の整備について、常々改修の念願があった。それで二、三の友人に働きかけておいたところ実施が可能となり、区長以下の協賛の申し出に心よく寄付を申し込んだ。

改修完了後、多額の応援を得てとの感謝状を授かった。後日墓参したところ立派な改修が実施されており、区内でも面目一新の喜びであっただろう。

「老いて人生を顧みて」の事柄は米山家の先祖に対し、念願であった自分の信念を実行し得たもので、経費一切は自分の努力であって、また、先祖に対する責任の一端である。

菩提寺妙昌寺におかれては、大集会場の建設を計画され着々と実行中であり、最後のご奉公として浄財寄付のほか、念珠三百本を寄贈した。

自分の出生地を尋ねて

七十八年前に自分が誕生した地を尋ねることにした。孫公子の運転する車に乗り、だいたいの地理を思いながら、錦村（二之宮）の定得寺を尋ねることとした。「三つ子の魂」というのか、目に多少の覚えは浮かんだが、七十年ぶりでは少し難しかった。しかし、寺の北側に長い杉木立が目に入った瞬間、声を出したいほど嬉しいやら懐かしいやら。だんだん目標が近づくにつれて、道路の改修はあっても当時の記憶は間違いなく、寺の門前に着いた。

本殿は新築されていたが入口の山門はそのまま、住まいの前の井戸は水道に変わっていても、周囲の状況は懐かしい感覚であった。

早速住まいに向かった。初対面の若い奥様に私の名刺を渡し、説明したところ、住職は不在とのことであったが好感をもって迎えられ、時間も少なかったが自分の目的を達することができて夢のようであった。

ふと外庭を眺めると、孫と寺にいた子供とが友達のように写真を撮ったり手を取り合ったりして何かを語り合っていた。楽しいひとときであった。

私の軍人生活二十年間を思い

平成の年明けを迎え、昭和の時代を回顧する時、その初頭から二十年間はほとんど事件、事変、戦争に明け暮れて一億一心の旗印に大きな犠牲を払い、最後は満身創痍、ついには敗れ、惨憺たる結果であった時代であった。

昭和の時代を生きてきた私たちは、国民皆兵といって兵役に服する義務があった。

国家有事の際は国難に赴くのが男子の本懐であるという教育指導を受け、これを名誉としたものであった。私も青年の意気に燃え、進んで兵役の義務に服し果たした。

自らまた軍隊生活に憧れ、親の同意もないまま職業軍人となることを志願し、幹部候補生として任官。最終目的である陸軍士官学校を受験、卒業と同時に朝鮮駐屯師団野砲兵第二十六連隊付となり渡鮮。戦時編成部隊の小隊長となり、北支出征、北支臨紛域に出征した。

教官要員として特殊教育修得のため砲兵各部隊から選抜の将校六〇名に加わり、千葉県習志野の陸軍砲兵学校に一年間内地留学。卒業と同時に関東軍

新京の関東軍総司令部

司令部付発令、満州、新京の軍司令部に転任後、指令部直轄の砲兵幹部教育隊教官拝命。北満、阿城同教育隊教官として二ヶ年を過ごした。

大東亜戦はますます大部隊を要する事態となり、関東軍教育隊も閉鎖の機となり、学生、教官も原隊に復帰。私も関東軍司令部に復帰し、参謀部第三課付となった。

昭和二十年八月、日直司令として宿直していたが、ソ満国境におけるソ連の侵攻が烈しいとの第一線からの報告を受け翌日上司に報告。ついに数日を経ずに軍司令部も前進するに決する。

前進行動途上の第一線諸部隊は、国境前線にわたり越境してきたソ連軍との戦争状態となり、軍隊以外の同胞に至るまで混乱状態となった。それから数日を経ることなく、内地からの命令により、八月十五日の天皇の玉音に従うこととなった。日本人たる者、すべてが悲嘆きわまりない現状であった。己の三十年を回顧すること以上の如くで、軍人としての現役を終わる宿命となった。最終の階級は昭和十八年叙勲従六位、勲五等陸軍少佐である。新京関東軍司令部はソ連側の占拠となり、軍の命令は不可能となり、以降はすべてソ連側の指命によるものであった。

元は本軍の行動次の通り。

ただし関東軍直轄の諸部隊を集結し九〇〇〇名の大隊を編成し、日本への帰還命令を待つとのこと。朝鮮経由は混雑のためブラゴエ経由にて日本に帰還せしむるとの噂あり、あまりの棚ボタに誰もが不信に思うのが当然であった。待機すること二ヶ月、十一月に出発の指示あり、満鉄にて北満黒龍江経由にて、ブラゴエシチェンスクに到着。ソ連の列車にてナホトカ経由で日本に帰還するとの甘言であったが、列車は太陽を背に東でなく西方に前進して部隊は西へ西へと。連日連夜の移動の末、十一月二十日にソ連側の目的地マルシャンスクに到着。先着のドイツ軍、ハンガリー軍など敗戦国の将校と日本軍の将校併せて二〇〇〇名収容の大ラーゲリ生活の始まりである。

ソ連での三年間にわたる抑留生活については別に集録してあるが、大要は労農国と称する農民の生活など、共産主義のソビエトの政治も甚だしいものであった。

付録　冥福を祈りつつ　亡き父の人柄

米山稔の父、米山常吉は、俳号を煙柳といい、俳誌『ホトトギス』の同人として、多くの句を残した俳人でした。昭和五年に五十九歳で死去しましたが、その際『ホトトギス』誌には中心作家であった飯田蛇笏による追悼文が寄稿されました。

また、昭和五年十月十二日に追悼句会も催されたという記録も残っています。当日は晴天に恵まれ、甲府市内の立正閣にて営まれた追悼会には、俳人一〇〇名近くが出席。「遺族を代表して凜々しい軍装の稔氏（故米山煙柳長男）は感激に眉宇をふるわせて謝辞を述べられた」と、小林湘雨は『ホトトギス』に寄稿しています。

ここに、資料として、飯田蛇笏「米山煙柳君逝く」を掲載いたします。なお、掲載にあたり、作品は現代仮名遣いに改めました。

（編集部）

米山煙柳君逝く

飯田蛇笏

追悼会その他逝去せる知己友人を弔うた過去数多の場合に於て、いつも私はしゃべって弔詞をのべることにしつけて来ていた。別にたいした理由があるというわけでなかった。強《し》いて、書いた弔詞をよむことをさけた気持を言わせられるなら、文章を読みあげて弔意を表するということでは、どうもそこに牆《かき》一重のへだたりが横たわっているようで、外の場合と違った苟《いやし》くも人間一生の終りをつげた絶対厳粛でなければならないとする斯かる場合、そうした隔りを心に感じながら敢《あえ》て文章によるということは倣《なら》い難《がた》いことだという観念が先にたったわけだったと言える。然《しか》しながらそれは私の個性として既往に於ける感情の上の為事でのみあって、厳正に考察する上には、何《いず》れも軽重のあるべき筈はないのである。そんなことで、兎《と》にも角《かく》にも弔詞を書きものによってするということがなかったのは事実である。

煙柳君の死に際して、やはりこれまでのように、文章によらず口でしゃべって弔意を表するつもりで、折からはるばる平壌から訪ねてきてくれた虹城君と山廬に枕をならべて寝たことだったが、朝眼が覚めると、私の考えは全く一変して終《しま》った。というのは、もし私は煙柳君の霊柩の前にたって、言葉をもってするとしたならば、或《あるい》は中途で泣き出したりして終いはすまいかという懸念が、心頭へひらめいたからであった。泣くも亦《また》あながち罪悪でもなかろうけれども、そのまま尻切れ蜻蛉《とんぼ》に畢《おわ》って終ったりしたのでは、人々の見る眼は我慢するとしても、折角の弔意を表する立場が目茶苦茶になるわけである。然らば安全第一の弔文をよむことにしようということに心を決めた。そこで、出発前、虹城君には隣室で茶を啜っていてもらって、拙い一文を慌《あわただ》しく草してから、これを懐中にして虹城君等と葬儀場へ出かけていった。そうしてこんなことを読んだ。

時、昭和五年四月二十四日ノ夜、夢ニ煙柳君ト見エ、即チ君ヲ訪ヘバ、君欣然トシテ我ヲ迎ヘ、風丯《フウカイ》衰フルモノアリト雖も、心泰然トシテ悒情ナキモノ、如ク、而モ談、偶々俳諧ノ道ニ及べバ頬ニ紅ヲ潮シテ微笑ス。

誰カ、急転直下、今日アルヲ思ハンヤ。

吹ク風無情ニシテ、今早ヤ忽焉トシテ君ハコノ世ノ人ニ非ズ悲シムト云フモオロカナリ。泣ケドモ天モノイハズ、哭スレドモ地コタヘズ。コ、ニ君ノ英霊ハ永遠ニ人々ノ心ニノミヤドツテ仏界清浄ノ棲家ニ帰レリ。

顧テ、故煙柳君ノ俳諧道ニ於ケル精進ヲ思フトキ、吾人粛然トシテ襟ヲ正シウセザルベカラザルモノアリ。君、資性英邁ニシテ清廉、物外ニ超然トシテ一節始終、権門ニコビズ富貴ニ阿ラズ、躬ヲ行カントスル処ヲ行キ為サントスル処ヲ為スニ逡巡躊躇スルトコロ無シ。之レ貪慾飽クナキ現代人ノ心ノ溷濁《コンダク》セル中ニ在ツテ、実ニ鶏群ノ一鶴トシテ畏敬スルニ足ルモノナリ。先哲亦何人カ此ノ一途ニ憑ルノ外アラザラン。即チ人間最勝ノ高台茲ニアリ。君ハ克ク此ノ高台ニ参ジテ、而シテ社会ニ臨ミ、隣人ニ臨ミ知己ニ臨ム。修ムル処ノ俳諧ノ所産亦総テ之ニヨツテ発ス。這般ノ境、知ルモノハ知ルト雖モ、遂ニ解セザルモノハ永遠ニ解セズシテ終ランカ。

君俳諧ノ天地ニアリ吾人ト肝胆相照ラシ、拾有余年ノ歳月ニ亘ツテ俳諧普及ノ業績甚大、スナハチ県下現日本派俳壇ノ耆宿タリ。君、今ヤ白玉楼中ノ人トナッテ、現世ニソノ風丯ヲ止ムルナシト雖モ、汎ク俳壇ハ君ヲ知リ君ヲ認メ、日月ノ存センカギリ君ノ芸術的業績ハ永ク世上ニ輝キ、生命ハ短クトモ芸術ハ永キ栄誉ヲ荷ウベク、君亦以テ冥スベキナリ。

謹ンデ茲ニ米山煙柳君ノ英霊ヲ弔フ。

昭和五年四月二十七日

大空に輝く春の日が、庭上の煙柳君の柩を照らし、藁葺の浅い軒に導師が傘を翳《かざ》されている、その間にたって万遍なく照らす日影をあびながら弔詞を誦する私の声は、きき苦しくみだれたことではあろうけれども、辛うじて尻切れ蜻蛉に終らずに済んだことは済んだ。

此の弔詞がたとえ拙劣ではあっても、故煙柳君に対して、何等飾る処もなく偽るところもなかった。四月二十四日の夜、病床に横わって居る煙柳君が、健康のすぐれたからだで、何時ものように訪ずれてくれた夢を見た私は、逢いたくなって病床を見舞うてみると、さらでだに長く齢の割にふさふさした髪が一入耳《ひとしお》のあたりへ垂れて、げっそり頬のこけた顔が、極端に衰弱を見せていた。肉腫という疾患が、如何なる名医良薬を以てしても所詮不治症たることは承知していながら、左脚太腿部から遂に右脚、全身残るくまなく病毒の瀰漫《びまん》し続けている凄じいありさまに、これに対する心の顫《ふる》える感じをうけた。それでも煙柳君は元気を出して、積み上げた布団に病躯をささえた儘《まま》大患を忘れたもののように、庭上をとぶ蝶の一句を得た次第からはじめて、たまらない愉快に襲わるるおもちで俳句談をすすめようとした。そうした談話が病気にこたえはすまいかと訊いてみると、平然として更に又頬に微笑を乗せるといった塩梅《あんばい》であった。二時間余りで私は煙柳居を辞し去ったけれども、翌々日、最早不帰の客となろうとは思い設けなかった。

「日々詠むところの俳句は皆辞世なり」と松尾芭蕉が病床で身辺の人たちに言うてきかせた話は、煙柳君の、生前甚《ひ》どく感服していた事の一つだった。そうした君の心事に察してみて、あるいは君に特に辞世といったものがないかもしれない。それでも不図《ふと》どこからか見出されまいものでもないが、そんな点に触れて今のところ遺族たちに訊すべき限りでないので、今、私は恐らく遂いに無くて過ぎ去るであろうくらいに考えて居るに過ぎない。無いなら無いでもそれも亦煙柳君にとっては所以《ゆえん》ある処である。

煙柳君は齢五十九歳、私より十数年早く生れていて、俳句というものに親しみをもって世に処した点からいうと、はるかに先輩と言わねばならぬ。ことに青年期から中年期へかけて所謂月並俳句界に活躍したことは相当な経歴を持って居た。私とは同郷であっても、そうした年齢のちがいと、君は社会的に活動している最中私は遊学中にあるといったようなことで、殆んど顔を合わせることが尠《すく》なかった。私が郷里に居住するようになると、君の職業が保険などの方面の仕事に向かっていたりしたので、自然又私は遠く郷里を離れるといったあんばいで、猶暫らく面接する機もなかったが、たまたま職業上の事から私を訪ねて来たり、私の持する俳諧趣味が、特に君の面前に展ぜられるといった機縁がつくり出されはじめた。それが今から遡って恰度十五年前のことになる。そんな具合に煙柳君と私との俳諧の上の関係が密接しかかっている処へ大正五年の二月、肥後の麦南君が山廬を尋ねてやって来た。（その時書いた『如月空』という小文を読んでみると、十五日の宵から二十日まで麦南君が山廬に起臥していたことが解る）そうして麦南君の滞在中、俳友雨石君を伴うて遊びに来た煙柳君は、山廬に炬燵を擁して四人談笑するうち、ひどく麦南君の言説に刺戟されたらしく、これから一つ一生懸命俳句をやることにしようというような事をつぶやきながら夜更けに帰っていったりしたことがあった。生前煙柳君は此の時の話が出ると、繰返しては自身の今日ある所以を麦南君あったが為だとして、麦南君を徳としていた。

真実、それからと言うもの煙柳君は、心を傾けて俳句の道をたどりはじめた。私に句稿を持って来て見せることも憶病でなくなった。而うして大正五年五月一日発行第二巻第五号の本誌雑詠に、始めて、

田螺売つて泥手につかむ小銭かな　煙柳

二月十五日寺詣でして

枕しぬ双林樹下の涅槃像　同

という二句が採録された。俳人煙柳君の足踏みはこれから次第々々に慥《たし》かになっていったのである。日月の曇る時はあっても、煙柳君が俳句を忘れる時とてはない真面目な態度で遂に昭和五年四月二十六日午後一時四十分、俳諧仏としてまず君が寺詣でして一句を得た場合に接した釈尊の涅槃像と変わるところない涅槃のうてなに入るまで一生涯を通じてこれに憑った。

一片の香華手向けざらんとしても得ない玲瓏玉の如き此の俳諧仏の為に、心おのずから礼拝せしめられる。

私に寄せた書簡としての最後のものは、四月十二日の日附で、

謹啓、更らに其後は御無沙汰でした。申し訳ありません。

然し今回は内臓の病丈は先ずよろしからんと愚考致し居るものゝ未だ計り難く閉

口致し居ります。

只太腿部の腫れは実に其儘にて之れ故非常に心痛致して居ます。

別紙にあるだけ、兎に角駄句りましたから何月号にでも間に合ふのに御願い致し度く一寸添へ書き申上げて御願いします。

時節柄風邪の流行御別条ありませんか一寸御伺ひまで草々。

煙柳拝

蛇笏先生様

筆末病床ながら御一統様によろしく

と、巻紙に毛筆で認められてある。（尤も煙柳君は生涯を通して私に寄せる手紙を、何時如何なる場合でも毛筆をもって、しっかりした美事な書体で巻紙に認めつづけて来た。書風に、君の可成りな自信もあった）これを見ると、君の疾患の主たる肉腫の腫れを心配はしているものの、十余日にして命の終わる重患者の心の幽《く》らさは見出し難い。ただ私はこの手紙を披《ひら》いて見て、淋しい煙柳君の情を感じ、逢いに来てもらいたいという紙背の意を忖度して、早速翌日見舞に出かけていった。この時の元気は又格別で、曩《さ》きにも繰り返していた昨秋の関西旅行に同道出来なかったのを遺憾がり、次回の旅行までには必ず全快して同道するであろうことをちかって勇躍した。

その誓いは空しく遂に永久不帰の客となったことを悲しむに余りある。

恐らく絶筆であろう俳句作品は、書簡と一緒にして、やはり十二日に使をしておくり届けてきたものであるが、句稿の書態は平常のそれに比し、すこしく顫えてみだれたあとが見える。これを認むるに、後ろへ積みあげた布団へ倚《よ》りかかった儘《まま》、昨秋十月このかた七箇月の長きに亘って、ついながながと横たわることも出来ず、腫れた両脚を炬燵ぢかくなげ出したすがたで、衰弱しきった手を顫わせながら、煙柳君独特の澄んだ眼をとおして認めたかと思うと、同情せざらんとしても得ない。油然たる感情の昂進を覚ゆるものがある。

顧みて、更に又、煙柳君の俳歴をたどるとするならば、前述大正五年五月はじめて雲母雑詠に作句を発表することになって以来、君は文字通り絶大の根気をつづけて、ぐんぐんと俳諧の大海へと抜き手をきっていった。勿論その間には幾多の名作を産んだことであったが、大正十二年九月一日発行本誌（第九巻第九号）雑詠に於て、遂いに君の作句は巻頭に推賞せらるべきに至った。君が月並から俳句の正道に復して、精進を続けること恰度九箇年の歳月である。

ばさ〳〵と雨聞く月の苗田かな　　煙柳
菖蒲湯気凝りてしづくす頭かな　　同
吹かれ来て苗田に浮くや麦の花　　同
脱ぎすてゝ飯くふ初夏の羽織かな　　同
干衣に草の靄這ふ稍暑し　　同
路に添ふて苗代や露うつくしき　　同

という六句がそれである。

現在またこれを観て、夫《そ》れ夫《ぞ》れ作者煙柳君の澄みきった心が充分のりきった作品であることを思う。即ち、濁りない君の詩的心境が此等風物にやどるに所謂物我一如を以てして、生一本な純粋さを示して居るのである。

「ばさ〳〵と」は、作者が苗田の水引きにでも出かけて行ったのか、又は夜帰庵に際して苗田のほとりを通りかかったのか、何れにしても月夜であるのに大粒な雨が青々と伸びそだった苗代に降りかかる光景を詠んだものである。主眼とする点は月夜の雨がばさばさと降りかかる爽涼の音を聴取した処にある。そこに読者は殆んど作者と変わる処ない地位に置かれるまで同感せしめられる新鮮な詩の力を痛感するのだが抑々《そもそも》そうした審美眼にうったえ、我を虚しうしてなりかかってゆく心境が作者の芸術的才能を示し同時に煙柳君独自の句境を表明する所以である。「菖蒲湯気」は又、句意に些《いささか》の難解の点もない、作者が五月節句の蘭湯《らんとう》へはいって、あたまからだらだら湯気の雫をたらしながら浸って、いい気持でいるといった場合に外ならない。手法としても申し分なく、又、境地は一刀両断ごく平明なものであるのだが、その平明なだけ、こだわりなく、澄みきった純粋なもので、詩人煙柳君が赤裸々にころがり出されている。此の何時でも素裸になって身に一物も纏わず、虚心坦懐にゆくところに独自の境地を持する最大の特色があるもので、俳句という詩が、小手先で拵《こしら》える小細工品でなしに所詮全力的な腹の底から湧き出してくるおのずからなるものでなければならぬという此の道の帰趨を示すものであると言うことも出来る。この作の如きは、作者煙柳君に対しては勿論、他へ向かっても常に推賞飽くところを知らなかった君の逸品の一つである。まことに此の作を通じて見る煙柳君は、玉の如く心まどかに、俳句の天地に安住して、降りみだるる天華《てんげ》を浴びている姿である。

「吹かれ来て」は、微細な客観写生を克明にやってのけたもので、ここにも矢張り句作心境の真澄みを観ることが出来る。

「脱ぎすてゝ」は、その境地から特に作者の個性を示すに足るものを見る。というのは、夏羽織を着ていて飯を食う場合も亦脱いでいて食う場合も、誰にもあることで、その脱いで飯を食う場合がとりたてて不思議でもなければ、そのこと自体が直ちに詩的価値を荷うというわけではないけれども、爰《ここ》に尖鋭な心を働かせて観察するとき、最も注意すべきは「捨てゝ」というところに係ってある。かりに「夏羽織ぬいで飯食ふ己れ哉」でも一通り肯ける作句たり得るわけだが、それでは余りに平凡のそしりを免れぬ。初夏の薄暑に汗ばんでから、帰庵匆々《そうそう》何ぞつぶやきながら、折柄の食膳に向かう場合を「脱ぎ捨てゝ」と如実に描写し得て妙である。その機微なところが俳句独特な持ち味で、詠じ得たる作者に技量を認めねばならぬ。而して又含蓄した詩的内容としての主観味は、遂に煙柳君その人の個性を表明して余りあるものであるに於てをやである。

「干衣に」「路に添ふて」は、ともに即興的な、実相観入態度から成る客観描写に属するものであるが、後句の「霧うつくしき」と叙した、透徹したおもむきの如き、やはり此の作者ならではと首肯される側のものである。

これを通じて観て、要するに六句の作品に漲《みなぎ》って居る価値の大いなるものは、純粋を欠かない煙柳君その人の詩情の玲瓏さにかかってあるものであって、工《たく》んで成し難く、偽って能わず衒《てら》って及ばざること遠いと断ずべきである。

必ずしも爰《ここ》にあげた六句にこれを見るばかりでなく、此の性格的に彫られてゆく煙柳君の句境は、当然のことと云えば当然であるものの、極めて自然なすがたをとって、実に生涯を一貫して流れた。長からずと雖も、天命五十九歳、眼の向くところ指の触るるところ、俳諧の道に立って、芸術的良心のさし示すものは、脈々として山野を流るる川水のつきざるが如く、而も豊かに展ぜられていった。

さらに大正十二年九月以後の作品を採り上げて評釈を加えるとするならば、限りある紙面のゆるし得る処ではない。とんで晩年の作——昭和四年十月発病以後、雑詠採録の諸作をここに摘出して、その全貌をうかがうの資としよう。

迅雷に刎ねあがりたる昼寝かな　（昭和四年十月）

瀬の音をへだつる鵙の高音かな　（同　十一月）

神経痛を病む、一句

よく食ふていたづらに臥す秋思哉　（同　）

よく晴れて澄みあふ秋の星座かな　（同　）

蔦の霜秋のをはりとなりにけり　（同　十二月）

傘借りてふむや時雨の夕日影　（同　）

蛇笏先生草庵に病状を訪れ懇篤なる御見舞に預り

草庵や辞儀言ふ妻に秋の蝿　（同　）

秋晴れや杏樹の余花のなか〳〵に　（昭和五年一月）

森の日にこだます鵙や神無月　（同　　）
とかうして独りさびしき寒夜かな　（同　三月）
切りかさむ莚に匂ふ蕪かな　（同　　）
釣り上げし鯉は手もとや秋の風　（同　　）
葬場の花籠鳴らすあられかな　（同　四月）
朝まだき高啼く鶫や二月藪　（同　五月）
茶の木咲く旭の野祠に迅風かな　（同　　）
　親戚よりの病報に二子突然夜行にて帰宅す
容態をとはれてのけし蒲団かな　（同　　）
隠居寺にぎはふお針供養かな　（同　六月）
　病床にて

春光なごやかに藪鶯の遠音かな　（同　）

一つ一つをとりあげて評釈を加えるまでもない、すでに前述の六句の作品に対する卑見は、軈《やが》てまた爰にもあてはまるべきで、むしろ反覆に終わるべきをさけねばならぬ。が、ただ句作の時日を追うて静かにこれを観るに、発病直後、すなわち昨年十一月、十二月等に於ける作句の冴えかたに尋常ならざるものがあることを見逃すべからざることと、又、本年に入って四月、五月と、病革《あらた》まるにつれて（当然のことながら）作力やや衰うる裡に、どこやら寂寥を超えて犇《ひし》と身にせまる或るものが横たわっていることである。後者の場合に於て、たとえば、

葬場の花籠鳴らすあられかな　煙柳

茶の木咲く旭の野祠に迅風かな　同

の如き、単に表面に表われた字義の皮相観から云えば、寧ろ平易なものともいえ

るし、作者として誰もが詠じ去る底の作たる感がないでもないが、内部にわたって病作者の主観を窺い、幾多前作に照らし考察するとき、心頭次第々に、耐えがたい寂寥を超えたる凄じい作者の持つ霊感に味到せざるを得ない点に思いあたるであろう。前者の場合として、たとえば、

よく晴れて澄みあふ秋の星座かな　　煙柳

蔦の霜秋のをはりとなりにけり　　同

の如き、君の俳諧生活の生涯を通じて、めざましく鳴りをしずめた、厳粛の形容を以てあてはむべき冴え方が、まざまざと作句の八方に鋭い光をはなって見えるであろうと思う。

そうして最後に私が特筆したいのは、俳人煙柳君が、この世のすべてに畢《おわ》りをつげんとするに際した——煙柳君の俳人として森羅万象に対した心の在りようが

如何なるものであったかということにある。実に、君は詠うて曰く、

隠居寺にぎはふお針供養かな　　煙柳

病床にて

春光なごやかに藪鶯の遠音かな　　同

と、さながら病魔を遠くに蹴りて、一天拭うたごとき朗らかさにある心境を展じて居る。俗物、死に直面して、尚よく食物の美味を感ずるものはあろう。人語の強弱を聴取するものは有るであろう。誰か、この大自然の美感にたましいを溶かして、隠居寺のにぎわうお針供養をうたわん。藪鶯の遠音にひびくなごやかなる春光をうたうことを得んやである。作、素より下《げ》ぼんではないけれども、よし上《じょう》ぼんたり得ざるとしたところで、その玲瓏《れいろう》玉の如きうてなに位する心境をこそ尊重すべきである。詩家の上乗これに如《し》くものなかろうではないか。死直前、おの

ずから静かに口をひらいて俳諧の作に及び、莞爾《かんじ》として、春光を浴びたる如きおももち、今尚眼前に髣髴《ほうふつ》するのであるが、煙柳君にしては当然すぎる当然であった。

俳諧仏米山煙柳居士のために、香華に換えて敢て一文を草する所以である。

（昭和五年五月一日稿）

遂に不帰の客となり畢れる煙柳君を弔う

往く春のこゝろに拝む佛かな　　蛇笏

あとがき

「おじいちゃん、また手術お願いします」

と言いながら、私は犬の縫いぐるみを祖父のもとへ持っていく。幼い頃、お気に入りの犬の縫いぐるみがあり、古くなって汚れても縫い目がほどけるたびに祖父につくろってもらっていた。

明治生まれの祖父は「男子厨房に入らず」だったが、それ以外のことは何でも自分で行う器用な人だった。私が蝶の飼育をした時も飼育箱を作ってくれた。それを見た小学校の先生が、「これは誰が作った？」と蝶の飼育より飼育箱にいたく感心していたのを憶えている。

祖父は家族に声を荒らげることもなく、物静かな人であった。しかし身に付いた風格のためか、戦後、汽車に乗ると乗り合わせた闇市帰りの人たちが、祖父を刑事と勘違いして離れていったり、逆に祖父は検閲されないと考えて荷物を預けたりといったことがたびたびあったそうだ。

祖父がシベリアへ送られ、離ればなれになった家族にも壮絶な引き揚げが待っていた。祖母は子供四人と朝鮮半島を逃げ下る。途中、住民らにすべて金品を奪われ、三十八度線（朝鮮半島におけるソ連軍・米軍の分割占領ライン）を越える時は、なかなか通してもらえず、どしゃ降りの雨の中、一日中外に立たされていたそうだ。

同じグループに若い女性がいたが、ある日姿が見えなくなり、戻って来た時は精神に異常をきたしていた。「きれいな人だったのに、かわいそうだった。子供ながらに憶えている」と母から聞いたことがある。

母より下の妹弟三人は、この引き揚げの途中、栄養失調のため亡くなった。「亡くなった時の顔は今も目に焼き付いている」と、母は今でもすぐ下の妹の写真を財布に入れている。母は当時、小学校低学年であったが、母たちの引き揚げのグループに最後残った子供は母だけだったそうだ。

祖母は気が強く、決して「甘いおばあちゃん」ではなかったが、だからこそ異国の地で子供を次々亡くすという悲劇も乗り越えられたのではないかと思う。祖母は生前、亡くなった子供たちのためにと、チョコレートは口にしなかった。祖母が就寝中、よくうなされ「お父さーん」と祖父のことを叫んだのも、今考えると引き揚げの想像を絶する体験がためではなかったか。

私が生きている間に、叔母・叔父たちが眠っている朝鮮半島に慰霊に訪れることができる平和な日が来ることを願っている。

令和五年四月

米山公子

著者プロフィール

米山 稔（よねやま みのる）

1907（明治40）年　山梨県生まれ
1938（昭和13）年　陸軍士官学校第51期（少尉候補者第19期）卒業
1943（昭和18）年　従六位勲五等瑞宝章受章
1966（昭和41）年～1985（昭和60）年　甲府水晶株式会社代表取締役
2002（平成14）年　死去

監修者プロフィール

米山 公子（よねやま きみこ）

1961（昭和36）年　山梨県生まれ
山梨県立甲府西高等学校、昭和音楽短期大学卒業
現在、甲府水晶株式会社取締役会長

吾唯知足《われただたるをしる》　明治から平成を生きて

2023年８月15日　初版第１刷発行

著　者　米山 稔
監修者　米山 公子
発行者　瓜谷 綱延
発行所　株式会社文芸社
〒160-0022　東京都新宿区新宿1－10－1
電話　03-5369-3060（代表）
03-5369-2299（販売）

印刷所　図書印刷株式会社

ISBN978-4-286-24384-9